CREATED BY
FUNNY PAGE

ISBN-13: 978-1976325076
ISBN-10: 1976325072

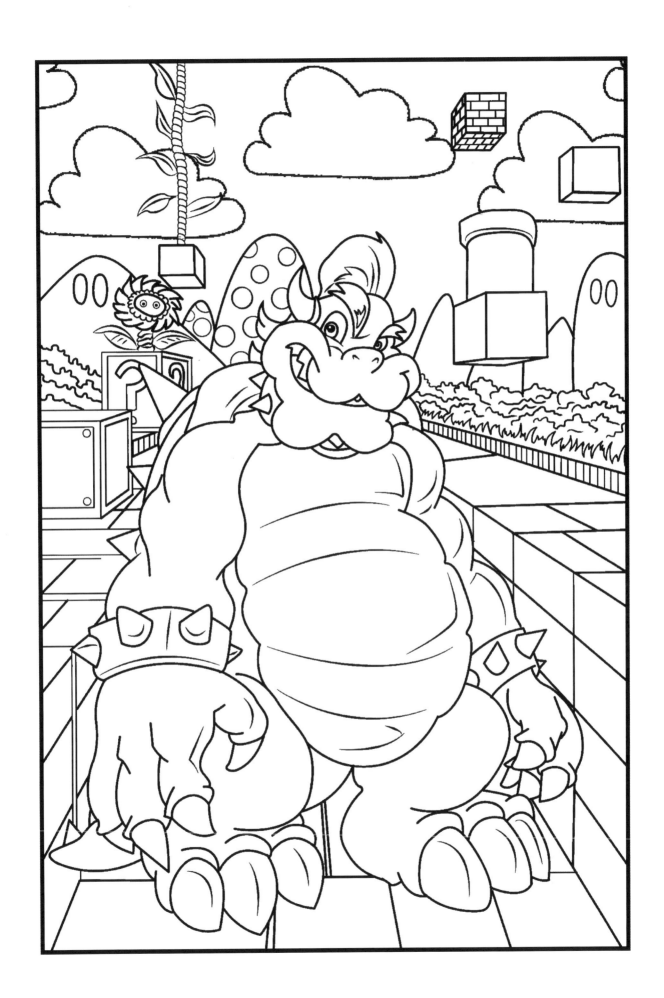

DK

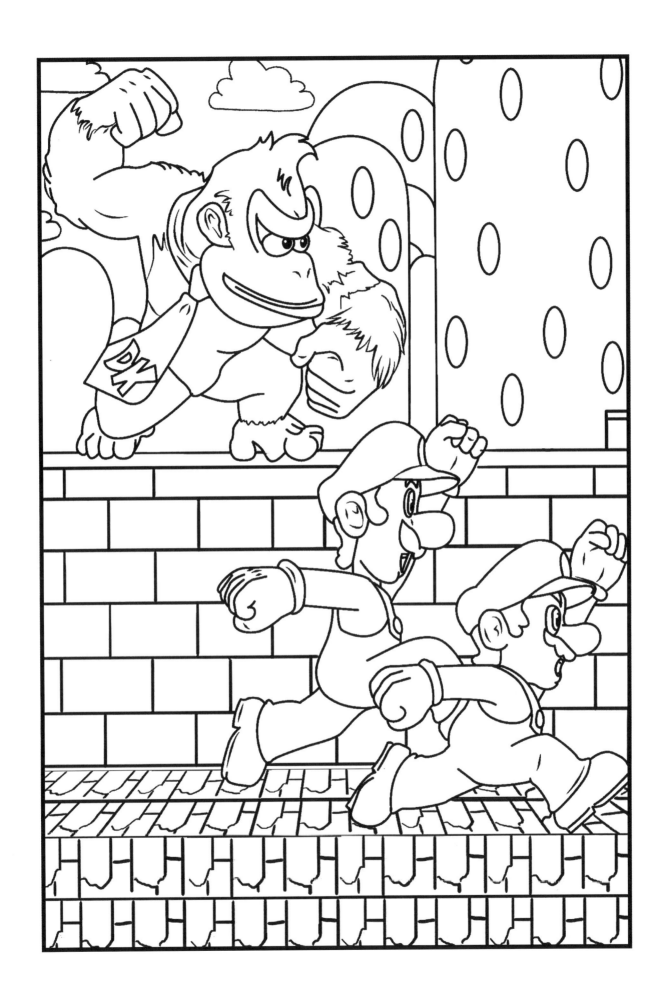

Name: Date:

# Super Mario

| | | | | | | | | | | | | | | | | | | |
|---|---|---|---|---|---|---|---|---|---|---|---|---|---|---|---|---|---|---|
| 5 | 5 | 5 | 5 | 5 | 4 | 4 | 4 | 4 | 5 | 5 | 5 | 5 | 5 | 5 | 5 | 5 | 5 | 5 |
| 5 | 5 | 5 | 4 | 4 | 2 | | 2 | | 4 | 5 | 5 | 5 | 5 | 5 | 5 | 5 | 5 | 5 |
| 5 | 5 | 4 | 2 | 2 | 2 | 2 | | 2 | 4 | 5 | 5 | 5 | 5 | 5 | 5 | 5 | 5 | 5 |
| 5 | 4 | 2 | 2 | 2 | 2 | 4 | 4 | 4 | 4 | 4 | 4 | 5 | 5 | 5 | 5 | 5 | 5 | 5 |
| 4 | 2 | 2 | 2 | 4 | 4 | 4 | 4 | 4 | 4 | 4 | 4 | 4 | 5 | 5 | 5 | 5 | 5 | 5 |
| 4 | 2 | 4 | 4 | 3 | 3 | 3 | 3 | 3 | 3 | 4 | 4 | 5 | 5 | 5 | 5 | 5 | 5 | 5 |
| 4 | 4 | 4 | 3 | 3 | 3 | 4 | 3 | 4 | 3 | 4 | 5 | 5 | 5 | 5 | 5 | 5 | 5 | 5 |
| 3 | 4 | 4 | 3 | 3 | 3 | 4 | 3 | 4 | 3 | 4 | 5 | 5 | 5 | 5 | 5 | 5 | 5 | 5 |
| 3 | 4 | 4 | 4 | 3 | 3 | 3 | 3 | 3 | 3 | 3 | 4 | 5 | 5 | 5 | 5 | 5 | 5 | 5 |
| 3 | 3 | 4 | 3 | 3 | 4 | 3 | 3 | 3 | 3 | 3 | 4 | 5 | 5 | 5 | 5 | 5 | 5 | 5 |
| 4 | 3 | 3 | 3 | 4 | 4 | 4 | 4 | 3 | 3 | 4 | 4 | 4 | 5 | 5 | 5 | 5 | 5 | 5 |
| 5 | 4 | 3 | 3 | 3 | 3 | 4 | 4 | 4 | 4 | 4 | 5 | 5 | 5 | 5 | 5 | 5 | 5 | 5 |
| 5 | 5 | 4 | 4 | 3 | 3 | 3 | 3 | 3 | 4 | 5 | 5 | 4 | 4 | 5 | 5 | 5 | 5 | 5 |
| 5 | 4 | 2 | 2 | 4 | 4 | 4 | 4 | 4 | 4 | 4 | 4 | 3 | 3 | 4 | 5 | 5 | 5 | 5 |
| 4 | 2 | 2 | 2 | 2 | 4 | 6 | 4 | 2 | 2 | 4 | 4 | 3 | 3 | 4 | 5 | 5 | 5 | 5 |
| 4 | 2 | 2 | 2 | 2 | 4 | 4 | 6 | 4 | 2 | 2 | 4 | 4 | 3 | 4 | 5 | 5 | 5 | 5 |
| 2 | 2 | 4 | 4 | | 2 | 4 | 6 | 4 | 2 | 2 | 2 | 4 | 4 | 5 | 4 | 4 | 4 | 4 |
| 2 | 4 | 3 | 3 | 3 | 4 | 4 | | 6 | 4 | 4 | 4 | | 4 | 4 | 4 | 7 | 7 | 4 |
| 4 | 3 | 3 | 3 | 3 | 3 | 4 | | 6 | 6 | 6 | 6 | | 6 | 4 | 7 | 7 | 7 | 7 |
| 4 | 3 | 3 | 3 | 3 | 3 | 4 | 6 | 6 | 6 | 6 | 6 | 6 | 6 | 4 | 7 | 7 | 7 | 7 |

Key:

| | |
|---|---|
| 2 | Red |
| 3 | Tan |
| 4 | Black |
| 5 | Light Blue |
| 6 | Dark Blue |
| 7 | Brown |

*Blank squares are white

Name: _____     Date: _____

# Donkey Kong

| | | | | | | | | | | | | | | | | | | |
|---|---|---|---|---|---|---|---|---|---|---|---|---|---|---|---|---|---|---|
| 8 | 8 | 8 | 8 | 8 | 9 | 9 | 9 | 9 | 8 | 8 | 8 | 8 | 8 | 8 | 8 | 8 | 8 | 8 |
| 8 | 8 | 8 | 8 | 9 | 7 | 6 | 6 | 7 | 9 | 9 | 8 | 8 | 8 | 8 | 8 | 8 | 8 | 8 |
| 8 | 8 | 8 | 8 | 9 | 6 | 7 | 6 | 6 | 6 | 7 | 9 | 8 | 8 | 8 | 8 | 8 | 8 | 8 |
| 8 | 8 | 8 | 8 | 8 | 9 | 9 | 6 | 6 | 6 | 7 | 7 | 9 | 8 | 8 | 8 | 8 | 8 | 8 |
| 8 | 8 | 8 | 8 | 8 | 9 | 7 | 6 | 6 | 6 | 7 | 7 | 7 | 9 | 8 | 8 | 8 | 8 | 8 |
| 8 | 8 | 8 | 8 | 9 | 6 | 6 | 6 | 6 | 7 | 7 | 7 | 7 | 9 | 9 | 8 | 8 | 8 | 8 |
| 8 | 8 | 8 | 9 | 5 | 6 | 6 | 5 | 5 | 6 | 6 | 7 | 7 | 7 | 9 | 9 | 8 | 8 | 8 |
| 8 | 8 | 9 | 6 | 5 | 5 | 5 | 5 | 6 | 6 | 7 | 7 | 7 | 9 | 9 | 9 | 9 | 9 | 8 |
| 8 | 9 | 9 | 7 | 7 | 7 | 6 | 7 | 7 | 7 | 7 | 7 | 7 | 7 | 7 | 9 | 6 | 9 | 9 |
| 8 | 9 | 7 | 9 |   | 9 | 7 |   | 9 | 7 | 6 | 7 | 7 | 7 | 9 | 6 | 7 | 7 | 7 |
| 8 | 9 | 9 | 5 | 5 | 5 | 5 | 5 | 5 | 7 | 5 | 5 | 7 | 7 | 9 | 7 | 7 | 7 | 7 |
| 8 | 8 | 9 | 5 | 6 | 5 | 6 | 5 | 5 | 5 | 5 | 5 | 5 | 7 | 9 | 7 | 7 | 7 | 7 |
| 8 | 9 | 5 | 5 | 5 | 5 | 5 | 5 | 5 | 5 | 5 | 5 | 5 | 9 | 9 | 6 | 7 | 7 | 7 |
| 8 | 9 | 5 | 5 | 5 | 5 | 5 | 5 | 5 | 5 | 6 | 5 | 5 | 9 | 9 | 6 | 7 | 7 | 7 |
| 9 | 5 | 5 | 5 | 5 | 5 | 5 | 5 | 6 | 6 | 5 | 5 | 9 | 9 | 6 | 7 | 7 | 7 | 7 |
| 9 | 6 | 6 | 6 | 6 | 6 | 6 | 6 | 5 | 5 | 5 | 5 | 9 | 9 | 6 | 7 | 7 | 7 | 7 |
| 8 | 9 | 5 | 5 | 5 | 5 | 5 | 5 | 5 | 5 | 5 | 9 | 9 | 6 | 7 | 7 | 7 | 7 | 7 |
| 8 | 8 | 9 | 9 | 5 | 5 | 5 | 5 | 5 | 9 | 9 | 9 | 9 | 6 | 7 | 7 | 7 | 7 | 9 |
| 8 | 8 | 8 | 9 | 9 | 9 | 9 | 9 | 9 | 4 | 4 | 9 | 9 | 6 | 7 | 7 | 7 | 7 | 9 |
| 8 | 8 | 8 | 9 | 7 | 7 | 7 | 9 | 9 | 4 | 4 | 9 | 9 | 6 | 7 | 7 | 7 | 7 | 7 |

## Key:

| | |
|---|---|
| 4 | Red |
| 5 | Tan |
| 6 | Light Brown |
| 7 | Brown |
| 8 | Blue |
| 9 | Black |

*Blank squares are white

Name: Date:

# Princess Peach

| | | | | | | | | | | | | | | | | | | |
|---|---|---|---|---|---|---|---|---|---|---|---|---|---|---|---|---|---|---|
| 7 | 8 | 8 | 3 | 3 | 3 | 3 | 3 | 3 | 3 | 3 | 3 | 3 | 3 | 3 | 3 | 8 | 7 | 7 |
| 7 | 8 | 3 | 3 | 3 | 3 | 3 | 3 | 3 | 3 | 3 | 3 | 3 | 3 | 3 | 3 | 8 | 7 | 7 |
| 7 | 7 | 8 | 3 | 3 | 3 | 3 | 3 | 3 | 8 | 8 | 3 | 3 | 8 | 8 | 3 | 3 | 8 | 7 |
| 7 | 8 | 3 | 3 | 3 | 3 | 3 | 3 | 8 | 8 | 4 | 8 | 8 | 4 | 8 | 3 | 3 | 8 | 7 |
| 7 | 7 | 8 | 3 | 3 | 8 | 8 | 8 | 4 | 4 | 8 | 4 | 4 | 8 | 4 | 8 | 8 | 7 | 7 |
| 7 | 7 | 8 | 3 | 3 | 8 | 4 | 8 | 4 | 4 | 8 | 4 | 4 | 8 | 4 | 8 | 7 | 7 | 7 |
| 7 | 8 | 3 | 3 | 3 | 8 | 4 | 8 | 4 | 4 | 4 | 4 | 4 | 4 | 4 | 8 | 7 | 7 | 7 |
| 8 | 3 | 3 | 3 | 3 | 3 | 7 | 4 | 4 | 4 | 4 | 4 | 4 | 4 | 4 | 8 | 7 | 7 | 7 |
| 8 | 3 | 3 | 3 | 3 | 3 | 3 | 8 | 4 | 4 | 4 | 6 | 6 | 4 | 8 | 8 | 8 | 7 | 7 |
| 7 | 8 | 3 | 3 | 3 | 3 | 3 | 8 | 8 | 4 | 4 | 4 | 4 | 8 | 8 | 3 | 8 | 7 | 7 |
| 8 | 3 | 3 | 3 | 8 | 8 | 8 | 8 | 8 | 8 | 8 | 6 | 6 | 8 | 8 | 8 | 7 | 7 | 7 |
| 8 | 3 | 3 | 8 | 5 | 5 | 5 | 5 | 5 | 5 | 5 | 5 | 5 | 5 | 5 | 5 | 8 | 7 | 7 |
| 8 | 3 | 3 | 8 | 5 | 5 | 5 | 5 | 6 | 5 | 5 | 3 | 5 | 8 | 5 | 5 | 8 | 7 | 7 |
| 7 | 8 | 3 | 3 | 8 | 8 | 8 | 8 | 8 | 5 | 3 | 7 | 3 | 5 | 8 | 8 | 8 | 7 | 7 |
| 7 | 7 | 8 | 3 | 3 | 8 | 4 | 4 | 8 | 5 | 3 | 7 | 3 | 5 | 8 | 4 | 8 | 7 | 7 |
| 7 | 8 | 3 | 3 | 3 | 8 | 4 | 4 | 8 | 5 | 5 | 3 | 5 | 8 | | 8 | 8 | 7 | 7 |
| 7 | 7 | 8 | 8 | 8 | 8 | 4 | 8 | | 8 | 5 | 5 | 5 | 8 | | | 8 | 7 | 7 |
| 7 | 7 | 7 | 7 | 8 | 6 | 8 | | | | 8 | 8 | 5 | 8 | | 8 | 8 | 7 | 7 |
| 7 | 7 | 7 | 7 | 8 | 6 | 6 | 8 | 8 | | | | 8 | | | 8 | 7 | 7 | 7 |
| 7 | 7 | 7 | 8 | 6 | 6 | 6 | 6 | 8 | 8 | | | 8 | | 8 | 8 | 7 | 7 | 7 |

Key:

| | |
|---|---|
| 3 | Yellow |
| 4 | Tan |
| 5 | Pink |
| 6 | Hot Pink |
| 7 | Blue |
| 8 | Black |

*Blank squares are white

Name: Date:

# Yoshi

| | | | | | | | | | | | | | | | | | | |
|---|---|---|---|---|---|---|---|---|---|---|---|---|---|---|---|---|---|---|
| 9 | 9 | 9 | 9 | 9 | 9 | 9 | 8 | 8 | 9 | 8 | 8 | 9 | 9 | 9 | 9 | 9 | 9 | 9 |
| 9 | 9 | 9 | 9 | 9 | 9 | 8 | 6 | 6 | 8 | 6 | 6 | 8 | 9 | 9 | 9 | 9 | 9 | 9 |
| 9 | 9 | 9 | 9 | 9 | 8 | 7 | 6 | | | | | | 8 | 9 | 9 | 9 | 9 | 9 |
| 9 | 9 | 8 | 8 | 8 | 8 | 7 | | | 8 | | 8 | | 8 | 9 | 9 | 9 | 9 | 9 |
| 9 | 8 | 5 | 5 | 5 | 8 | | | | 8 | | 8 | | 8 | 9 | 9 | 9 | 9 | 9 |
| 9 | 8 | 5 | 5 | 8 | 8 | | | | | | | | 8 | 8 | 8 | 9 | 9 | 9 |
| 9 | 8 | 8 | 8 | 6 | 6 | 8 | | | | 8 | | 8 | 6 | 6 | 6 | 8 | 9 | 9 |
| 8 | 5 | 8 | 6 | 6 | 6 | 6 | 8 | 8 | 8 | 6 | 8 | 6 | 6 | | | 6 | 8 | 9 |
| 5 | 5 | 8 | 6 | 6 | 6 | | | | 6 | 6 | 6 | 6 | 6 | 8 | 6 | 8 | 6 | 8 |
| 5 | 5 | 8 | 7 | 6 | | | | | 6 | 6 | 6 | 6 | 6 | 6 | 6 | 6 | 6 | 8 |
| 8 | 8 | 8 | 7 | 6 | | | | | 8 | 6 | 6 | 6 | 6 | 6 | 6 | 6 | 6 | 8 |
| 9 | 8 | 8 | 7 | 7 | | | | | 8 | 7 | 6 | 6 | 6 | 6 | 6 | 6 | 6 | 8 |
| 9 | 8 | 5 | 8 | 7 | 7 | | | 8 | 8 | 7 | 7 | 6 | 6 | 6 | 6 | 6 | 6 | 8 |
| 9 | 9 | 8 | 8 | 8 | 7 | 7 | | | 8 | 7 | 7 | 7 | 7 | 6 | 6 | 6 | 8 | 9 |
| 9 | 9 | 8 | 5 | 8 | 7 | 6 | | | | 8 | 7 | 7 | 7 | 7 | 8 | 8 | 9 | 9 |
| 8 | 8 | 8 | 8 | 7 | 6 | 6 | | | 8 | 8 | 8 | 8 | 8 | 8 | 9 | 9 | 9 | 9 |
| 5 | 8 | 8 | 8 | 7 | 6 | | | | 8 | 8 | 8 | 9 | 9 | 9 | 9 | 9 | 9 | 9 |
| 8 | 8 | 8 | 6 | 6 | 6 | 6 | | | 8 | | 6 | 8 | 9 | 9 | 9 | 9 | 9 | 9 |
| 8 | 7 | 7 | 6 | 6 | 8 | | | | 8 | 8 | | 6 | 8 | 9 | 9 | 9 | 9 | 9 |
| 6 | 6 | 6 | 6 | 8 | | | | | 8 | 8 | 8 | 6 | 8 | 9 | 9 | 9 | 9 | 9 |

Key:

| | |
|---|---|
| 5 | Red |
| 6 | Light Green |
| 7 | Dark Green |
| 8 | Black |
| 9 | Blue |

*Blank squares are white

# Luma

| | | | | | | | | | | | | | | | | | | |
|---|---|---|---|---|---|---|---|---|---|---|---|---|---|---|---|---|---|---|
| 7 | 7 | 7 | 7 | 7 | 7 | 7 | 7 | 7 | 7 | 7 | 7 | 7 | 7 | 7 | 7 | 7 | 7 | 7 |
| 7 | 7 | 7 | 7 | 7 | 7 | 7 | 7 | 7 | 7 | 7 | 7 | 7 | 7 | 7 | 7 | 7 | 7 | 7 |
| 7 | 7 | 7 | 7 | 7 | 7 | 7 | 7 | 7 | 6 | 6 | 5 | 5 | 7 | 7 | 7 | 7 | 7 | 7 |
| 7 | 7 | 7 | 7 | 7 | 7 | 7 | 7 | 6 | 5 | 5 | 5 | 7 | 7 | 7 | 7 | 7 | 7 | 7 |
| 7 | 7 | 7 | 7 | 7 | 7 | 7 | 7 | 6 | 5 | 5 | 5 | 7 | 7 | 7 | 7 | 7 | 7 | 7 |
| 7 | 7 | 7 | 7 | 7 | 7 | 7 | 6 | 5 | 5 | 5 | 5 | 5 | 7 | 7 | 7 | 7 | 7 | 7 |
| 7 | 7 | 7 | 7 | 7 | 7 | 6 | 5 | 5 | 5 | 5 | 5 | 5 | 7 | 7 | 7 | 7 | 7 | 7 |
| 7 | 7 | 7 | 7 | 7 | 6 | 5 | 5 | 5 | 5 | 5 | 5 | 5 | 5 | 7 | 7 | 7 | 7 | 7 |
| 7 | 7 | 7 | 7 | 7 | 6 | 5 | 4 | 5 | 5 | 5 | 5 | 4 | 5 | 5 | 7 | 7 | 7 | 7 |
| 7 | 6 | 7 | 7 | 6 | 5 | 4 | | 4 | 5 | 5 | 4 | | 4 | 5 | 7 | 7 | 5 | 7 |
| 7 | 6 | 7 | 7 | 6 | 6 | 4 | 4 | 4 | 5 | 5 | 4 | 4 | 4 | 5 | 5 | 5 | 5 | 7 |
| 7 | 7 | 6 | 5 | 6 | 6 | 4 | 4 | 4 | 5 | 5 | 4 | 4 | 4 | 5 | 5 | 5 | 6 | 7 |
| 7 | 7 | 7 | 6 | 6 | 6 | 6 | 4 | 5 | 5 | 5 | 5 | 4 | 5 | 5 | 5 | 6 | 7 | 7 |
| 7 | 7 | 7 | 7 | 6 | 6 | 6 | 5 | 5 | 5 | 5 | 5 | 5 | 5 | 5 | 5 | 7 | 7 | 7 |
| 7 | 7 | 7 | 7 | 6 | 6 | 6 | 6 | 5 | 5 | 5 | 5 | 5 | 5 | 5 | 5 | 7 | 7 | 7 |
| 7 | 7 | 7 | 7 | 6 | 6 | 6 | 6 | 6 | 6 | 5 | 5 | 5 | 5 | 5 | 5 | 7 | 7 | 7 |
| 7 | 7 | 7 | 7 | 7 | 6 | 6 | 6 | 6 | 6 | 6 | 6 | 5 | 5 | 5 | 5 | 7 | 7 | 7 |
| 7 | 7 | 7 | 7 | 7 | 7 | 6 | 6 | 6 | 6 | 6 | 6 | 6 | 6 | 6 | 7 | 7 | 7 | 7 |
| 7 | 7 | 7 | 7 | 7 | 7 | 6 | 5 | 5 | 7 | 7 | 7 | 6 | 5 | 5 | 7 | 7 | 7 | 7 |
| 7 | 7 | 7 | 7 | 7 | 7 | 7 | 6 | 7 | 7 | 7 | 7 | 7 | 6 | 7 | 7 | 7 | 7 | 7 |

Key:

| | |
|---|---|
| 4 | Black |
| 5 | Yellow |
| 6 | Orange |
| 7 | Blue |

*Blank squares are white

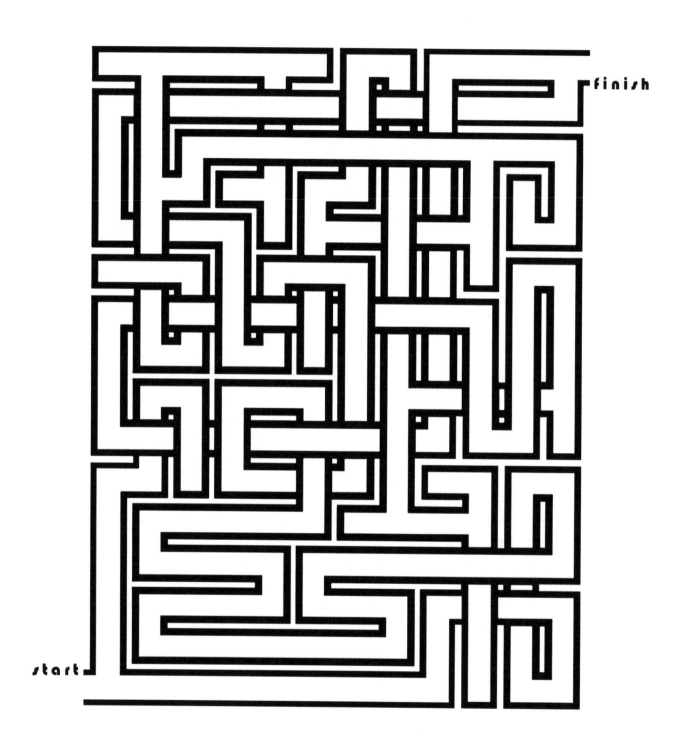

finish

start

finish

start

start
finish

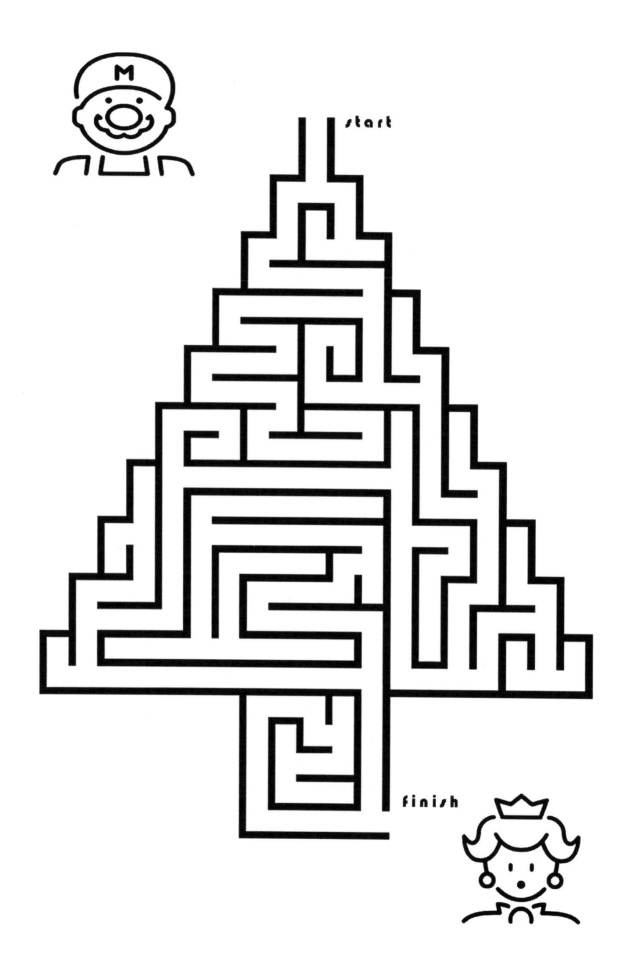

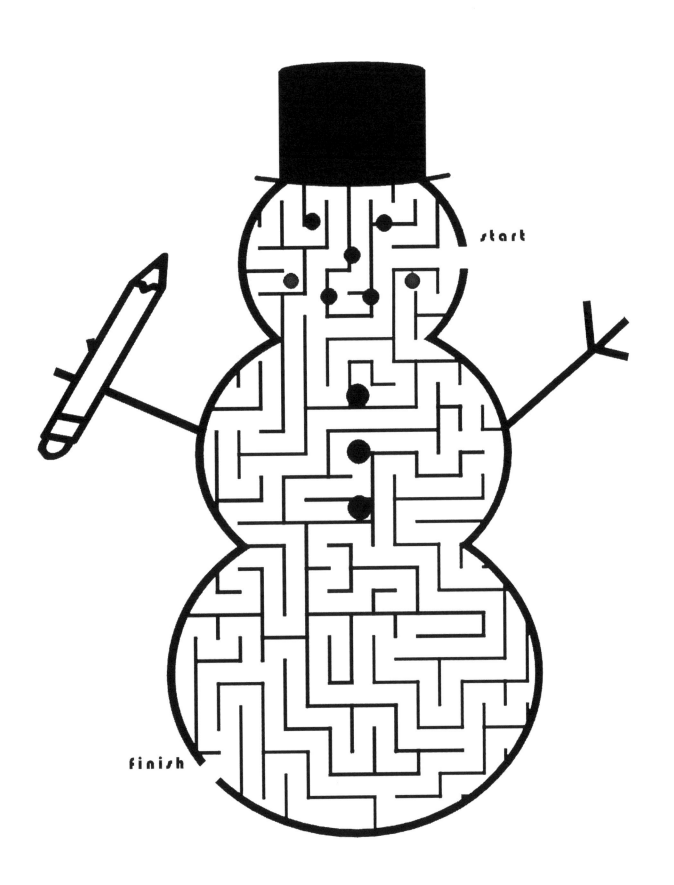

start

finish

start
finish

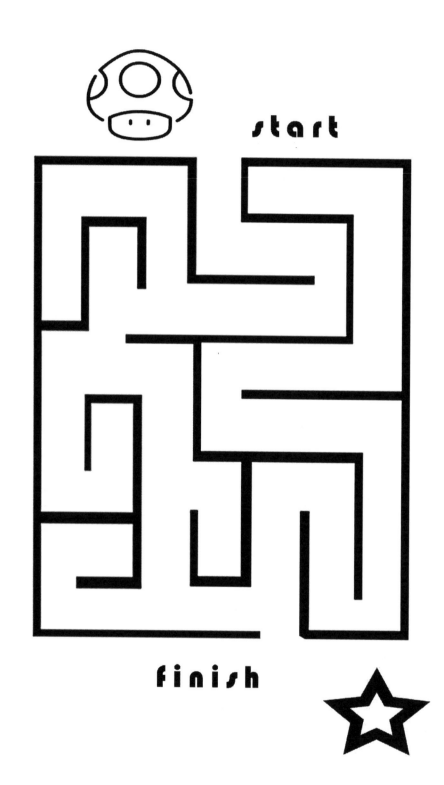

# YOSHI

# MARIO

# TOAD

# PRINCESS PEACH